오늘 갑자기 내가 왜 사는지 알고 싶은사람에게

# 오늘 갑자기
# 내가 왜 사는지
# 알고 싶은사람에게

어느 오후 스쳐지나는 바람이 들려주는 이야기

프리드리히 지음

지성과문학

오늘 갑자기 내가 왜 사는지 알고 싶은사람에게

어느 오후 스쳐지나는 바람이 들려주는 이야기

내가 왜 사는지 알고 싶은 사람을 위한 책

오늘 갑자기 내가 왜 사는지 알고 싶은사람에게
어느 오후 스쳐지나가는 바람이 들려주는 이야기

프리드리히

지성과문학

✻ 오늘 갑자기 내가 왜 사는지 알고 싶은 사람에게

1. 묵언                                          11
2. 진정한 교육자                                 16
3. 교육의 역할                                   19
4. 우리 시대의 교육자                             22
5. 통합 세계                                     25
6. 초자연 통합 세계                               28
7. 마취된 세계로부터 깨어남                       32
8. 박식한 학자들의 어리석음                       36
9. 집합적 지식의 위험성                           39
10. 존경하는 학자, 교육자들의 맹신                42
11. 사람들과의 관계                               45
12. 가장 심각한 나태함                            48
13. 절대적 강자, 삶의 인도자                      51
14. 자아 상실자                                   55
15. 자신의 진정한 독립과 통일자                   58
16. 고귀한 자의 특징                              62
17. 강자들의 고귀한 사명                          65
18. 고귀한 자와의 만남                            70
19. 권력에의 의지로부터의 자유                    74
20. 미의 근원                                    77

오늘 갑자기 내가 왜 사는지 알고 싶은사람에게

어느 오후 스쳐지나는 바람이 들려주는 이야기

내가 왜 사는지 알고 싶은 사람은
떠들썩한 세상사를 듣지도 말하지도 말아야 한다.
시끄러워 정신이 없기 때문이다.

# 1. 묵언

아침이다. 이미 우리는 나를 실존 [나]로 끌어들이고 있다. 우리는 묻는다. [우리 삶과 존재의 고귀함은 무엇으로부터 탄생하는가.]

고귀함은 민중으로부터 시작한다. 민중의 이야기는 시대를 대표한다. 우리 이야기에는 삶의 기준이 있어야 한다. 물론 이와 같은 민중 중심 시대는 인간 역사상 많지 않았지만, 우리 세대 들어서 삶을 인도할 수 있는 철학자의 부재는 민중 시대 부활을 더욱 어렵게 하고 있다. 고귀한 철학적 민중 사회는 그들을 이끄는 뛰어난 철학자들을 필요로 한다.

우리가 사람을 목적하지 않는 한, 철학적 토양은 오래지 않아 우리 곁으로부터 사라질 것이다. 우리 모두가 민중을 위한 교육자, 인도자가 될 수는 없다. 하지만 고귀한 민중 사회라면, 우리 모두 삶의 본질적 영역에 대해 사유하고, 함께 이야기 나눌 수 있는 소양을 갖추고 있어야 한다. 정치는 민중을 대변해야 한다. 그러나 대부분 정치가는 민중이 무엇을 원하는지를 잘 모른다. 민중이 진정으로 원하는 것은 그들이 생각하는 것을 훨씬 초월해 있기 때문이다. 민중은 철학을 원한다. 민중은 고귀한 정신을 원한다.

우리는 민중 모두의 세상을 만들어 가야 한다. 그러나 이는 우리 정치가들이 바라는 바가 아니다. 그들은 세상 주역은 자신이어야 하고, 민중을 자신의 성공을 위한 도구로 생각하기 때문이다. 물론, 그들은 그렇게 생각하지 않겠지만.

철학적 민중 세계 복원과 창조에는 많은 시간이 소요될 것이다. 우리는 이끌어주는 자가 없으면, 자신의 성찰되지 않은 사유를 진리로 받아들이려 하는 경향이 있다. 불완전한 진리는 절대 진리를 단순히 개별화시킬 뿐이다. 더욱 나쁜 것은 우리 성찰되지 못한 개별화된 사유를, [고귀함]으로 착각하도록 사람들을 선동하는 것이다. 그리고 많은 사람이 그렇게 선동되면, 민중의 자유와 평등을 목적하는 [고귀함]의 회복에 훨씬 더 많은 시간을 필요로 할 것이다.

〔 우리는 자신의 불완전한 사유에 집착하여, 사람들 간의 벽을 만들며, 이는 결국 민중 분열을 야기한다.

〔 깊은 공부가 선행되지 않은 [불완전한 개별화]는 진리를 파괴시킨다. 불완전한 개별성을 가지면 사람들과 거리가 멀어진다.

🖋 자기 생각이 다수 사람으로부터 지지를 받지 못한다면, 진리로부터 멀어져 있다고 보면 된다. 그러나 개인주의자들은 이를 경시한다. 그들은 어떠한 시도도 성공하기 어렵다.


　　우리 사회는 이미 민중 분열 현상을 겪고 있다. 그런데 이 현상이 개인주의로 오인되어, 확산되고 있다. 개인주의적 민중은 말이 많다. 그들은 말을 하지 않으면, 마치 타자(他者)에게 정복당하는 것으로 생각하여 끊임없이 말을 한다. 이제 말을 하지 않는 자(者)는 자기 사유 결함에 기인한 소극적 인간으로 전락하여 버릴 것 같은 운명이다.


🖋 현시대에는 말을 하지 않는 것도 중요하지만, 귀를 막는 것도 중요하다.

🖋 사람을 목적하지 않는 한, 그것이 어떤 것이라도 소음일 뿐이다. 실존하기 위해서는 보통, 오랜 묵언이 필요하다.

🖋 말을 해도, 하지 않은 것과 같은 말을 끊임없이 반복하는 것, 우리 이제 그만두는 것이 좋겠다.


어느 오후 스쳐지나는 바람이 들려주는 이야기

우리는 기대한다. 쓸모없는 말들에 자기 시간을 허비하지 말 것을. 이제 우리 중요한 사명 중 하나는, 잘못된 지식으로, 끊임없이 이야기하는 사람들이 입을 다물도록 하는 것이다. 사유 시간을 가지기 위해, 중요한 것·고귀한 것이 무엇인지를 생각하기 위해, 가장 필요한 것은 [묵언]이다.

내가 왜 사는지 알고 싶은 사람은
그것을 가르쳐 줄 사람을 찾아 나서야 한다.
아니면, 자신이 그 사람이 되든지.

## 2. 진정한 교육자

이른 아침, 노을로 주황색으로 변한 하늘을 보면서, 우리는 왜 여기, 사람들 속에 있는지 생각한다. 무엇을 얻으려고 하는가.

[우리는 고귀함을 교육하고 있는가. 삶이 변하고 있는가.]

가르치는 자를 찾기 어려운 시대에, 젊은 세대들이 배울 수 있는 것은 소수 선별된 책을 통해서 밖에는 없다. 수많은 인문·과학적 지식과 학문의 전파에 열심인 교육자는 이제 자신의 지식과 교육에 대하여 깊이 생각해야 할 것이다.

무엇을 가르쳤는가. 자신이 알고 있는 것 그리고 암기하고 있는 지식을 전달했는가. 존경받을만한 교육자, 그들은 스스로 많은 것을 가르쳤다고는 하지만, 도대체 무엇을 가르쳤는가. 젊은 세대들이 깊은 사유를 통해 자기 삶을 창조할 수 있도록 하는데 교육자들은 무엇을 준비했는가. 사물을 깊게 인식함으로써 얻을 수 있는 자기 존재 침잠 교육 과정이 있기는 한 것인가.

아무도 부정하지 못한다. 우리는 자기 존재 속으로 침잠시키는 교육이 무엇인지, 그리고 그것이 왜 필요한지 고려하지 않는다. 물론 이미 알고 있다고 허세는 부리겠지만.

삶을 깊이 통찰하고 그것을 교육할 수 있는 자는 대부분 깊은 곳으로 숨어 버렸다. 삶이 파괴되어 간다. 우리, 진정한 교육자를 찾아 나서야 하지 않겠는가. 은둔해 있는 인식자를 찾아, 삶의 파괴 상태로, 권력과 재력가를 위한 무력한 준(準) 노예 상태로 전락한 우리 사람들을 도와주도록 해야 할 것 아닌가.

그는 비록 철학을 배척했던 민중에 의해 파괴되었지만, 힘을 회복하고 증대시킨 후, 민중을 위해 다시 돌아올 것이다. 그는 누구이고 어디에서 찾아야 할 것인가.

ʳ 지금 여기 있는 우리 모두, 파괴된 자이면서 도피자이고, 또한 바로 [그 사람], 삶의 교육자 그리고 인도자이다.

우리가 왜 사는지 의문이 드는 이유는
어릴 때 그것을 한 번도 배워 본 적이 없기 때문이다.
빠를수록 좋지만 늦더라도 반드시 배우고 익혀야 한다.

# 3. 교육의 역할

우리는 이렇게 스스로 묻는다.

**[교육 구조와 교육자 재편이 필요한가. 어떻게 재편해야 하는가.]**

교육은 인간 일반을 교육자의 사유 세계로 이끌어, 자신과 동일화시키는 일련의 과정을 말한다. 그러므로 [자기 사유 과정]을 거치지 않고, 완성되지 않은 지식의 단순한 전달은 이미 교육 본질에서 벗어난 것이다. 완전한 교육을 성취하기 위해, 교육자는 우선 자신의 철학 세계를 완성해야 한다.

[자기 사유 과정]을 거친다는 것의 의미는 무엇인가. 우선 지식의 자기화이다. 지식이 자기화되어 교육자 자신의 행동까지 자신이 교육하는 내용과 일치하게 될 때, [자기 사유 과정]을 거쳤다고 이야기할 수 있다. 타인을 가르칠 수 있는 교육자가 되기 위해서 보통 오랜 공부와 준비 시간이 필요한 이유이다.

◌ 우리 교육 기관과 교육자는 타의와 자의에 의해, 이미 대부분 무력화되었다. 재편을 위한 준비가 필요하다.

어느 오후 스쳐지나는 바람이 들려주는 이야기

　　진리 탐구를 최고 목표로 삼고 있는 교육 기관에서 간과해서는 안 되는 두 가지 중요한 역할이 있다. [진리 본질을 교육] 하는 것과 자기 힘으로 진리의 길로 들어설 수 있는 인식 능력을 갖출 수 있도록 [사유 공간을 제공해주는 것]이다.


　　우리 교육기관은 진리 본질을 교육하는데 인색하다. 아니, 진리 본질에 대한 교육에 무지하다.


　　물론 이는 옳고 그른 것에 대한 확신 없이, 지식만을 교육하지 않으면 안 되는 교육자의 권한 영역 축소에 기인하기도 한다. 그렇다면 우리 교육은 지금까지와는 다른 방법을 찾아야 하지 않겠는가. 지금 우리는 본질적으로 다른 교육이 필요하다. 새로운 교육 기관 구성과 실제로 교육할 수 있는 자를 위한 또 다른 교육, 진리 탐구 고귀함에 대한 교육, 타자(他者)를 위한 교육, 이처럼 우리는 이제 [사람을 목적하는 교육]을 처음부터 다시 시작해야 한다.

내가 왜 사는지 알고 싶은 사람은
가르쳐주는 사람이 없더라도 혼자 차분히 다양한 철학을 공부해야 한다,
인생의 가장 어려운 수수께끼 중 하나이기 때문이다.

# 4. 우리 시대의 교육자

[우리 교육, 근본 문제는 무엇인가.]


인류 모든 발전은 교육을 근원으로 한다. 교육이 불완전하면 우리 발전이 인류 역사에 긍정적으로 기여할지는 의문으로 남게 될 것이다. 우리 교육 구조로는 희망이 보이지 않는다. 20년 가까운 교육 동안, 대부분 [필요 없는 것을 교육]하는 지금 우리 교육 내용을 이대로 둘 것인가. 이는 우리 문명 발전 역사의 파괴적 예에서 이미 확인되고 있지 않은가. 현재 발전하고 있는 듯한 외면적 모습을 보고, 그 속 민중의 힘겨운 삶을 눈감아 버리고 있지는 않은가.


우리 교육 기관은 [인식 능력을 교육할 수 있는 사유 공간 제공이라는 최고 교육 역할을 망각함]으로써, 그 역할이 이미 교육 과정 속에서 삭제되어 버린 지 오래다. 무엇이 우리 교육을 파멸시켰는가. 하지만 천부적으로 사유를 통한 성찰 능력을 갖춘 시대 인도자 교육자 는 항상 존재한다. 이들은 외부 교육과는 무관하게 자기 스스로 교육한다. 당분간 우리가 자신을 향상시키는 방법은 자기 교육을 통하는 수밖에 없는 것처럼 보인다. 현재 교육으로는 아무것도 해결할 수 없다는 것을 스스로 인정하는 시기가 곧 도래할 것이고 이때 우리는 교육 과정, 방법 그리고 교육자를 모두 재편해야 할 것이다. 우리 모두 새롭게 재편될 교육 과정을 준비해야 한다. 그것이 우리 힘으로 가능하도록.


   인식 능력과 사유 공간을 교육하기 위해서는 그것을 인도할 수 있는 교육자의 확보가 최우선이다. 물론, 그들을 교육할 수 있는 철학이 먼저이다. 그 철학은 사람을 목적한다.

내가 왜 사는지 알고 싶은 사람은
무력한 '의지의 분열' 상태에서 즉시 벗어나야 한다.
이를 위한 가장 간단한 방법은 나를 주장하지 말고 세상과 나를 일체화하는 것이다.

# 5. 통합 세계

산 아래 기슭은 고요하고 햇볕 따뜻하다.

[자연을 떠나, 사람들과 함께 있을 때 느끼는 편치 않음은, 어디에서 기원하는가.]


자연 속 삶은 무변화 삶이고, 급격한 변화를 원하는 자들은 오랫동안 살 수 없다. 자연 본성은 급격한 변화를 포함하지 않기 때문이다. 인간 비참은 의지 실현 불가 자각에 기인한다. 물론 그 대부분이 자기 책임이기는 하다.


자신이 아무것도 할 수 없다는 사실에 기인한 파괴된 의지는 모든 분야에서 인간을 무력화시킨다.


[의지 분열]은 인간 집단생활에서 상대적 무력함으로부터 기인한 비참을 그 기원으로 한다. 집단생활로부터 피할 수 없는 이 상대적 무력감은 자연상태로의 복귀 의지를 발생시킨다. 그러나 이를 위해서는 많은 준비가 기간이 필요하다. 자연상태로 복귀하기에 우리는 너무 약해졌기 때문이다.

[의지 분열]로부터 회복을 위한 단서는 자연과 집단생활 [통합 세계] 창조에 있다. 이는 집단생활과 자연 상태 세계를 포괄하는 좀 더 넓은 세계를 의미한다. 이 세계는 집단생활에 의한 [의지 분열] 그리고 자연 상태에 의한 [의지 회복]의 반복적 혼란이 아닌, 이 둘을 통합하는 우리만의 새로운 삶의 형태이다. 이 세계는 현재 비참의 이유를 [부분화], [최소화]하며, 이로써 삶은 조금 너그러워진다. 이 집단과 자연 [통합 세계]는 개별적이며 동시에 집단적이다.


[통합 세계]는 의지 분열에 의한 편치 않음으로부터 우리를 치유시킬 것이다. 또한, 바로 자신을 파괴하고 분열시키는 사람들 속에서, 치열하고 끊임없는 진리 탐구를 위한 새로운 삶의 세계로 자기 모험을 이끌 것이다. 이 [통합 세계]는 다수 사람들에 의한 그리고 그들을 위한 [자유를 위한 연대(連帶)] 우리 철학은 새로운 연대를 준비한다. 배경과 관련이 깊다. 이 연대는 사람을 목적할 것이다.

내가 왜 사는지 알고 싶은 사람은
나와 대상을 일치시키는 일을 해야 한다.
그 속에 답이 있기 때문이다.

# 6. 초자연 통합 세계

통합 세계란 무엇인가. [자연적 삶과 비자연적 집단적 삶의 통합 그것이 가능한 일인가.]

자연적 세계와 비자연적 세계를 포괄하는 새로운 [통합 세계]는 자연(自然)과 비자연(非自然) 대립에 기인하는 삶의 대립을 허물어뜨릴 것이다. [자연적 삶]은 인간 개별 사유와 자기 삶을 일치시킴으로써 구성하는 세계이며, [비자연적(집단적) 삶]은 인간 일반 사유와 자기 삶을 일치시킴으로써 구성하는 세계이다. 우리 인간은 자연적 삶을 통해 자신의 힘을 느끼며, 그 힘을 근원으로 자신을 유지할 수 있다. 철저히 고양된 고귀한 정신조차 비자연적 삶이 지속되면 서서히 파괴된다. 이 파괴로부터 회복은 자연적 삶으로 복귀를 필요로 한다.

자연적 삶과 비자연적 삶의 반복은 [편치 않음]을 유도한다. 이는 자연적 삶에의 의지를 약화시키며, 결국 자연적 삶을 포기하고 비자연적 삶을 선택하게 할 것이다. 때때로, 자연적 삶의 포기 상태는 교양이라는 무거운 가치로 둔갑되어, 삶을 어색하게 만든다. 우리 인간은 그 사회 욕구적 본성상, 자기로부터의 자연 상태만으로는 삶을 구성시킬 수 없고, 필연적으로 비자연(집단) 상태를 포함하여 삶을 구성한다. 그러므로 우리 삶에서 극단적이고 어지러운 반복은 필연이며, 이것이 우리를 어지럽힌다.

우리는 이제 자연적 삶과 비자연적 삶을 통합하여, 통일적 삶을 영위(營爲)하는 세계를 사유한다. [초자연적 통합 세계]는 인간이 자신을 구성하는 사유 세계를 성찰하고, 이를 근원으로 하여 인간 일반(他者) 사유 세계에 대한 성찰을 수행하는 과정에서 발생한다. 이를 통하여 자기 사유 세계와 인간 일반(他者) 사유 세계를 하나의 사유 세계로 통합한다.

타자(他者)와 나의 통합. 어떻게 가능한 일인가. 무(無)는 자연적 삶을, 물(物)은 비자연적 삶을 대표한다. 누군가는 무(無)로부터 존재(存在)를 찾고, 누군가는 물(物)로부터 무(無)를 찾는다. 만일 우리가 찾는 것이 합치한다면, 우리 모두 변화 없는 통합 세계를 볼 수 있을 것이다.

통합 삶의 세계는 결국 모든 인간 사유 세계를 이해하는 세계이다. 이 세계 속에서 인간은 상대적 개념의 파괴를 경험한다. 이는 동일한 대상에 대한, 서로 다른 개념이 하나의 개념으로 융합되는 현상이다. 통합 사유를 통하여, 자신으로부터 기원하여, 우리 인간 전체 세계를 구성한다. 이로써 삶의 세계 기준 또한 자신으로부터 직접 사유될 것이다. 우리는 통합사유철학을 오랫동안 사유할 것

어느 오후 스쳐지나는 바람이 들려주는 이야기

이고, 이는 다른 저술에서 깊이 이야기할 것이다. 통합사유철학강의„ 자유정
신사, 2014


진리는 자신과 타자(他者) 구분이 없다. 이미 진리로 세상은
가득 채워져 있다. 그러므로 실존 [나]를 알 수 있다면 자신과 타자를
구분하지 않는 절대 진리를 발견하는 것이 가능하다.


신(神)이 세상을 창조했던 것과 똑같이, 우리는 매일 아침 자신
의 세계를 창조한다. 이로써, 아침마다 자신 그리고 사람들 고귀
함이 그 모습을 드러낸다. 우리는 인간 일반, 그들의 자유를 목적
한다.

내가 왜 사는지 알고 싶은 사람은
욕망으로 마취된 세계에서 깨어나야 한다.
오류 속 세상에서 무엇을 찾을 수 있겠는가.

# 7. 마취된 세계로부터 깨어남

**[우리 인간이 가질 수 있는 최고 권력은 무엇인가.]**

　권력에의 의지는 자신이 가진 어떠한 것이라도, 자신 이외의 자에게 영향을 미칠 수 있는 요소가 발견되면, 그것을 권력화하는 데 집중한다. 이 현상은 스스로 창조적 힘(삶 변화 능력)을 소유할 수 있는 자신의 세계를 갖지 못하는, 현대 사회 대부분 인간 일반, 공통 현상이다.

　우리는 자신이 가진 크게 쓸모없는 강점을 미화시키고 유지하기 위한 모든 수단을 생각하는데, 여기서 자신의 존재, [나] 실존 마저 그 희생양으로 바친다.

　그들은 자신이 가진 준(準) 권력상태를 유지하기 위해, 자신의 정신과 육체를 [자신 마음대로 날조한 오류 세계 속으로 빠뜨려] 스스로 헤어나오지 못하게 한다. 이런 오류 현상은 자신의 세계가 최고 의미를 가지고 삶의 세계를 구성하고 있는 듯한 착각에 빠지게 함과 동시에, 자신의 세계가 위협받는 것을 참지 못하게 한다. 우리는 삶의 진정한 고귀함을 가르쳐 줄 사람이 필요하다. 허무한 [나를 향한 권력]과 [타자(他者)를 향하는 고귀함]의 차이를 가르쳐 줄 사람이 필요하다.


　　잃어버린 나의 실존을 찾기 위한 두 번째 문은 [고귀한 정신]이다. 이는 사람을 목적한다. 우리는 고귀한 것에 대하여 잘 알고 있는가. 우리는 고귀한가. 저 붉게 물든 가을 산보다 우리가 더 고귀하다고 말할 수 있는가.


　　　　인간 최고의 권력 상태는 자신의 사유와 삶으로부터 절대 진리를 창조하는 것이다. 진리는 모든 개별 사유로부터 독립적으로 참인 사실을 말한다. 이 진리 창조자가 바로 우리 모두를 이끄는 주역이다. 이 최고 권력 상태는 그에 의해 창조된 진리로부터 모든 인간 일반 삶을 변화시키고, 그 변화된 삶에서 그들 모두 개별 창조 세계를 구축하도록 이끌어 주는 인간 최고 상태이다. 그러나 이와 같은 진정한 의미의 [힘에의 의지]는 극도로 제한받고 있다. 누가 이에 도달할 수 있겠는가.


　　진리는 창조하는 것이 아니라 발견하는 것이다. 진리 창조는 진리를 발견하고, 우리 삶 속에서 그것을 행동으로 실천하는 과정이다.


어느 오후 스쳐지나는 바람이 들려주는 이야기

실존은 준 권력 상태에서 스스로 희생되고 있는 사람들에게 오류를 인식할 힘을 부여한다. 실존은 오류 세계 속에서 자신을 찾지 못하고 있는, 권력의 아류를 좇는 사람들을, 그들 본래 고귀한 세계로 복원시킨다. 우리, 마취된 세계에서 깨어 있는 자들은 다시 힘을 모아, 자신의 세계로부터 진리를 발견하고 행(行)할 수 있는 고귀한 힘을 길러야 한다. 모든 진리는 우리 존재 속, 삶과 사유 세계 속에 있기 때문에, 다시 힘을 기르고자 하는 자는 항상 자신에게 깊이 침잠해야 할 것이다.

내가 왜 사는지 알고 싶다면
너무 많은 것을 알려고 하지 않는 것이 좋다.
지식은 겸손을 깎아먹어 삶의 목적에 균열이 가게 한다.

# 8. 박식한 학자들의 어리석음

우리는 이름을 알 수 없는 새들 지저귐과 함께하고 있다.

**[어떤 지식이 우리에게 중요한 도움이 될 것인가.]**

너무 많은 것을 안다. 이 시대 학자들은 너무 많은 것을 알기 때문에 대부분 실패한다. 그들은 자신의 박식함을 자랑하기 위해 책을 쓰며, 자신의 글을 이해하지 못할 때 일종의 쾌감을 느낀다. 그들은 깊은 인식하려 하지 않기 때문에 사실, 대부분 그럴만한 능력도 없다. 그들의 기억력에 의존하거나, 책장 가득한 책들 도움 없이는 한마디 말도 하지 못한다.

우리 학자 대부분, 기억력 도움 없이 이야기를 이어가지 못한다. 그들은 이를 위해 평생 고난의 연속이다. 그러나 민중은 어떤 지식도 기억하려는 노력 없이, 자연스럽게 이야기하는 사람 말에 귀 기울인다. 너무 많이 공부할 필요 없다.

박식한 자들의 또 다른 공통점은 자유분방한 것 같은 태도를 보여, 사물에 대한 깊은 인식에 도달한듯한 모습을 가장한다는 것이다. 그렇지 않고서는 자신의 실제적 무지(無智)를 감추지 못하

기 때문이다. 그들은 사물의 본질에 대한 질문에 하나같이 비슷한
답으로 일관할 것이다. 소크라테스 생각, 플라톤 생각, 스피노자 생
각, 칸트 생각은 무엇이라고. 자기 생각은 없다. 너무 많은 지식으로
자신의 것을 생각할 시간이 없기 때문이다. 이들은 그 해박한 지식
통합에 결국은 실패하게 될 것이며, 너무 많은 것을 알려는 노력은
결국 자신을 무너뜨릴 것이다.


과다한 지식은 그것을 소유할 능력이 없는 자들에게는 독으로
작용한다. 과다한 지식은 겸손을 갉아먹어, 진리의 길에 울타리
를 높게 세운다.

우리에게 중요한 지식은 사람을 목적하는, 평등적 자유를 인식
하게 해주는 것이다.

겸손치 않으면 지나가는 가을바람도 그를 외면할 것이다.

내가 왜 사는지 알고 싶은 사람은
지식으로 위장을 가득 채우지 말아야 한다.
소화하느라 시간 다 보내기 때문이다.

## 9. 집합적 지식의 위험성

[과다한 집합적 지식으로부터 가치 있는 통합 지식으로의 전환은 어떻게 이루어지는가.]

[가치 있는 통합 사상은 사고하는 존재자의 절대적 통일의 결과로만 성취된다.] 이는 통합이 불가능한 집합적 지식의 위험성을 경고하는 한 철학자 칸트(Immanuel Kant) 의 말이다. 지식이 집합적으로 되면 우리는 더 이상 지식으로부터 진리를 이끌어내지 못하는데, 그것은 그 넘칠듯한 지식을 유지하고 기억해내기 위해, 자신의 모든 시간을 허비해야 하기 때문이다.

진정한 학문의 길에 들어선 젊은 학자나 새롭게 학문을 시작하려는 자는 모두, 자신만의 절대적 통일 공간을 구성해야 한다. 절대적 통일 공간은 새로운 타자(他者)의 지식과 접하게 되면, 자신의 공간에 새로운 지식을 흡수하여, 자신의 [통합 공간]을 새롭게 구성시킨다. 이렇게 시간에 독립적인 가치 있고 고귀한 지식을 가지려면 서둘러 자신의 통합 사유 공간을 준비해야 한다. 이는 지식 집합화를 피하는 유일한 방법이기 때문이다.

이는 외부 집합적 지식의 완전 자기화를 의미한다. 자신과 다른 새로운 지식을 접할 때, 그것이 자기 사유에 자연스럽게 흡수되지 않는다면, 자신의 절대 사유 공간이 아직 구성되지 않은 것으로 생각하면 된다. 이는 타자(他者)와의 대립과 다툼이 어디에서 기원하고, 무엇을 의미하는지 짐작하게 한다.

사람을 목적하는 철학은 타자(他者)와의 대립을 처음부터 발생하지 않게 한다. 타자의 생각을 자기화하기 때문이다. 이렇게 철학이 사람을 목적하기 위해서는 타자의 사유를 포괄하는 [통합 공간] 구성이 필요하다.

내가 왜 사는지 알고 싶은 사람은
기억력에 의존하는 학자들의 말을 빨리 쓰레기통에 버려야 한다.
그때 비로소 그것을 알려줄 존경할만한 사람이 나타나기 때문이다.

## 10. 존경하는 학자, 교육자들의 맹신

[지식인은 많으나, 왜 존경할만한 자가 많지 않은가.] 우리는 지식을 경계한다.

⟋ 안다는 것이 대상(對象)과 그 특성을 연결할 수 있는 능력으로 그 의미가 전도되었다.

대상으로부터 그 본질을 인식하는 것이 아니라, 대상으로부터 그 특성만을 인식함으로써는, 정확한 대상 실체를 파악하지 못한다. 대상의 부분적 특성으로 본질을 파악함으로써, 그 대상은 그 본질이 왜곡되기 때문이다. 이처럼, 부분적 지식화는 지식을 단순 집합화하는 운명을 피할 수 없게 할 것이다. 부분적 지식은 그 본질이 결여되었기 때문에, 통합화의 과정을 겪지 못하게 되고, 단순 나열을 통한 방대한 사실 집합체로서 학문화되어 버린다.

⟋ 학자 연(然)하는 자들과의 교제는 진리를 탐구하는 자들의 취향에는 잘 어울리지 않는 법이다. 그들은 지루하다.

그들은 그들끼리 어울리도록 내버려두는 것이 좋다. 가끔 그
들은 자신의 지식을 자랑하는 모습으로부터 인간의 가장 천박한 모
습을 드러낸다. 이것이 우리 일부 학자들에게서 거부감이 느껴지는
이유이다. 우리 학자 연(然)하는 자들의 또 다른 특징은 자기 학문에
대한 맹신이다. 자신 나름대로 논리를 가지고 자기 학문에 의미를
부여하고, 그 의미를 성역화하여 자기 지식을 미화시킨다. 그러나
지식 집합체가 우리 인간 삶에 주는 의미는 기억력을 향상시키는 것
말고는 별로 없다.

　학자 연(然)하는 자에게 존경할만한 것은 그의 기억력뿐이다.


우리는 학자 연(然)하는 자들의 맹신을 깨트린다. 그리고 철
저하게 대상의 본질을 통합 사유한다. 학문의 허구성을 밝히며, 지
식 책더미 속에 묻혀, 자기 삶을 허비하고 파괴하지 않도록 주의한
다. 사람들로부터 존경을 받으려면 그들을 위한 철학에 자신의 생을
걸어야 한다.


　진리를 탐구하고자 하는 자가 읽어야 할 책은 그렇게 많지 않다.
　타자(他者)에게 함부로 책을 권하지 않는 것이 좋다.

내가 왜 사는지를 사람들과의 관계 속에서 찾으려는 사람은
깊은 미로 속에 빠져 영원히 길을 찾지 못할 것이다.
더욱 혼란스럽게 하기 때문이다.

## 11. 사람들과의 관계

[사람들과 관계 속에서도, 우리 삶의 고귀함이 존재하는가. 그 관계가 우리 즐거움의 근원이지만, 또한 고통스러움의 근원은 아닌가. 소나무 향기와 같이 짙지만, 전혀 보이지 않고 공기처럼 가벼운 관계가 우리 삶에서 가능할 것인가.]

사람과의 관계에 능숙한 것처럼 보이는 자가 사람들로부터 삶의 표본으로 오인되고 있다. 그의 화술은 유머로 포장되어 사람들을 즐겁게 하고, 피곤함에 지친 자들을 달래주는 것처럼 느껴진다. 하지만 인간 내면에서 우러나오는 명랑한 목소리의 부드러운 미풍 속에 자신을 맡겨본 사람들은, 이들 습기 가득한 쓸모없는 말의 반복에 고개를 돌릴 수밖에 없다.

ⸯ 다른 사람에게 정신이 팔린 사람은 자신을 잘 볼 수 없다. 일반적으로 사람들과의 진정한 관계 근원이 자신과 실존 [나]와의 관계라는 것을 알기 위해 너무 많은 시간이 필요하다.

ⸯ 사람들과의 관계는 중요하다. 하지만 그것을 너무 중시하면, 얻는 것보다 잃는 것이 더 많아진다.

어느 오후 스쳐지나는 바람이 들려주는 이야기

　　다른 사람에게 너무 많은 것을 기대하지 않는 것이 좋다. 그들은 타자(他者)일 뿐이다. 잊지 말 일이다. 결국, 고귀함은 사람들(他者)과의 관계가 아니라, 나와 실존 [나]와의 관계 속에 깊이 숨어 있다. 실존적 존재 [나]는 타자(他者)를 포함한다.


　교제술에 능숙하려면 자신에게 나태해지지 않을 수 없다. 그래서 진리 탐구자는 일반적으로 사람과의 관계에 힘쓰는 자에게 눈길을 잘 주지 않는다. 자신과 잘 맞지 않기 때문이다.

나태한 사람은
자신이 왜 사는지 알 수 없다.
삶은 항상 빠르게 도망가고 있기 때문이다.

## 12. 가장 심각한 나태함

[한가롭고 편안한 삶과 나태함의 차이는 무엇인가.]


우리 모든 역사 속에서 그래도 변치 않는 것이 있다면, 그것은 절대로 나태한 자와는 상대하지 말라는 철학자의 권고이다. 그리고 특히 심각한 나태함은 자신의 미숙한 어리석음을 극복하려 하지 않는 나태함이다. 그들은 본능적 나태함으로 어리석음에서 벗어나려는 시도를 쉽게 포기한다. 우리는 나태한 자들에게 연민을 보낼 여유가 없다. 이 세상에는 교육하고 보살펴야 할 사람들이 너무 많기 때문이다.


   지금 어리석음은 크게 중요하지 않다. 부지런해진다면, 3년 후 이 세상에서 가장 지혜로운 자가 되어있을 것이다.

   한가롭고 편안한 삶이 목표라면 나태한 것이다.


우리, 혹시 편안한 삶을 목표로 생각하지 않는가. 다른 의견이 있을 수 있지만, 편안함을 삶의 목표에서 지우는데 반대하지 않는 것이 좋다. 나태함은 말할 것도 없다.


＊ 삶에 편안함이 깃들게 하지 말라. 편안함은 마음으로 충분하다.

내가 왜 사는지 알고 싶다면
그것을 가르쳐 줄 사람을 먼저 찾아야 한다.
혼자서 찾을 수도 있지만, 너무 늦다.

## 13. 절대적 강자, 삶의 인도자

**[우리 교육은 누가 가르칠 수 있고, 무엇을 가르쳐야 하는가.]**

주변 사람들로부터 호평을 받으려면 우선, 자신을 조금 어리석게 비하하는 방법 이외에는 다른 방법이 별로 없다. 사람들은 자신보다 우월한 자들을 철저히 고립시키기 때문이다. 사람들과 교제에 능숙해지려면, 우리는 자신을 비하, 평범함 이하의 사고를 해야 한다.

자신의 사유 영역을 뛰어넘는 자를 만나면, 사람들은 그들을 고립시킨다는 것을 인지한 우리들은 이제 선택해야 한다. 그들로부터 환호받는 사람들 무리 속에 파묻힐 것인가, 그들에게서 벗어나 고립된 삶 속에서 자신을 독립시키고 고양(高揚)시킬 것인가. 여기서 대부분 사람은 자기 힘에 회의를 느끼게 된다. 이 회의감은 우리를 사람들 무리 속으로 밀어 넣는다. 그렇지 않으면 다수 삶 속에서 주어져 있는 많은 것을 희생해야 하기 때문이다.

누군가를 교육하려면 그들을 압도하는 뛰어남이 필요하다. 사람들은 이들을 좋아하지 않는다. 교육자가 적은 이유이다.

어느 오후 스쳐지나는 바람이 들려주는 이야기

그러나 이런 사람들 속에서 비록 소수이기는 하지만 절대적 강자가 존재한다. 이 절대적 강자는 우리 삶을 그리고 사람들을 이끌어간다. 지금까지 역사도 그랬으며 미래 모든 역사 속에서도 그럴 것이다. 이 소수 절대적 강자는 사람들 삶의 뿌리로써, 그들에게 삶을 가치 있는 것으로 인식하도록 이끌 것이다.

그들은 누구이고 그 역할은 무엇인가. 이 삶의 인도자는 세상 대부분 사상을 공부하고 인지해야 하고, 그로부터 우리 인간 일반을 위한 미래 철학을 제시해야 한다. 이를 위해 끊임없는 사상 탐구, 그리고 자신과 일반 삶에 대한 탐구를 게을리해서는 안 된다. 이 절대적 강자는 사람들을 교육하고 인도해 주어야 하며, 사람들로부터 인지되지 않더라도 조용히 이 사명을 수행해야 한다. 우리 인간 일반을 이끌어야 하는 이들의 역할은 실패로 끝나서는 안 되며, 이는 인류가 존속하기 위한 필요조건이다.

아침 바람은 보이지 않게 우리에게 다가온다. 바람은 우리가 여기 있다는 것을 알려준다. 그는 지금 계절을 알려 주고 또 나무들 향기도 몰고 온다.

진정한 교육자, 인도자는 우리가 경험하는 모든 상황에서 우리가 취해야 하는 삶의 방식을 결정해 준다. 물론 이 결정을 모든 인간 일반이 따를 필요는 없다. 그리고 그들은 총체적 삶의 방향을 인도하여 우리 삶이 역류하는 것을 막는다.

건장한 체격, 타고난 용맹성, 약자에 대한 보호 본능을 가진 자들은 오랜 시간 동안 자신의 동족을 맹수로부터 그리고 기아로부터 지켜 왔다. 그들이 지킨 것은 다수의 약자이다. 어떻게든 살아갈 수 있는 명석한 중간자들은 항상 그들에게 비판적이다. 약자들을 이용할 수 없게 하기 때문이다. 그렇지 않다면 그들은 그 명석함으로 약자를 이용했을 것이다. 그런데 이제, 이 약자의 삶을 지키는 고귀한 역할을 누가 할 것인가. 우리는 약자, 그들의 평등한 자유를 목적한다.

내가 왜 사는지 알고 싶다면
짙은 화장과 변장을 벗어야 한다.
내가 누군지 모르는데 무엇을 알겠는가.

## 14. 자아 상실자

**[누가 파괴된 자아를 가졌는가, 누가 고귀함을 가졌는가.]**

파괴된 자아를 가지고 살아가는 사람들의 특징 중 하나는 자기 보존을 위한 변장술이다. 그들은 자신이 무엇을 위해 살아가는지 혼란스럽기 때문에, 자신이 지금 무엇을 의지(意志)하고 있는지 정확히 인지할 능력이 없다. 그들이 생각하고 있는 것은 주위의 변화에 순응하여 자신을 빠르게 변화시킴으로써 완전한 동화를 이루려는 생각으로 가득 차 있을 뿐이다. 그들은 교묘한 변장술로써 사람들과 동일한 것에 안심하고, 이것이야말로 삶의 지혜로움인 것으로 확신한다.

동질성에의 추구, 군중 속으로의 파묻힘은, 잘 알려진 바와 같이 들소가 무리 속에서 사나운 맹수의 먹이로 선택되지 않을 것처럼 느끼는 수동적 [안도감]과 같다.

이 자아 상실자들은 자신의 부류가 다수인 것에 매우 만족하며, 좀 더 많은 자를 자기 무리로 끌어들이려 모든 노력을 기울인다. 이는 자신의 안전과 관련되기 때문이다. 그러므로 그들은 자신의 무

어느 오후 스쳐지나는 바람이 들려주는 이야기

56

리와 다른 자들은 결코 용서하지 못하겠다는듯한 태도를 보인다.

자아 상실자들은 겉으로는 누군가의 다름을 인정하지만, 속으로
는 어떻게 동화시킬지를 궁리한다. 그들의 가장 큰 특징은 자존
심이 세다는 것이다.

이들 자아 상실자들로부터 자신을 지키려는 자는, 준비가 안
되어 있다면, 일정 기간 그들을 떠나 있는 방법을 택하는 것이 현명
하다. 상처 입은 사자가 다수의 하이에나를 피하듯이. 하지만 힘이
회복되면, 평원은 결국 사자들 것이다. 준비 되지 않았다면, 고승(高
僧)이 혜능(慧能), 조계(曹溪)에서 15년간 몸을 피하다. 몸을 피하듯이, 우선 자신의
힘을 축적하는 것이 우선이다.

자아 상실자는 자기를 목적하고, 고귀한 자는 타자(他者)를 목적
한다.

내가 왜 사는지 알고 싶다면
무기력한 동질화의 유혹에서 우선 벗어야 한다.
이때부터 비로소 그것을 생각할 수 있기 때문이다.

## 15. 자신의 진정한 독립과 통일자

우리는 사유한다. 우리 인간이 그렇게 강한 동질화 본능을 가지고 있는가.

[철학이 오랫동안 정체하는 이유는 무엇인가. 철학이 가지는 문제는 무엇인가.]

자신의 존재가 무엇으로 구성되어 있는지에 대하여 깊이 사유하기 시작하면, 자기 존재가 여러 개의 실체로 분리되어 있음을 인식할 수 있다. 존재하는 [나$_{존재}$]와 의지하는 [나$_{의지}$] 그리고 인식하는 [나$_{인식}$]이다. 존재·의지·인식으로 분리된 [나]는 이것을 통일시키는 어떤 힘에 의해, 통합된 나를 유지해 나가며, 이를 수행하는 것이 [통일자(統一者)]이다. 이 [통일자]는 인간 무한적 사유 공간을 제한시키며, 그 작용을 통해, 우리 개별 사유를 일정한 사유 공간 내에 위치시키며, 이로써 개별 개인을 특징 지운다.

인간 일반이 일반적으로 [나]라고 사유하는 것이 바로 이 [통일자]이며, 서로 다른 각 인간 일반을 구성한다. [통일자]는 인간의 사유 공간을 제한시키며, 자신의 사유 공간 중 최소 공간을 자기 사유 공간으로 강제한다. 즉 자기 의지 공간을 초월하는 인식 공간은 의지에 의해 저항되며, 자기 인식 공간을 초월하는 의지 공간은 인식에 의해 저항된다. 우리는 자기 사유 공간 확대 노력이 없는 한, 이 [통일자]에 의해 제한된 사유 공간을 지속하며, 시간에 따라 그 공간 축소가 불가피하다.

우리 각 인간 일반은 [통일자]의 작용에 의해 거의 유사한 사유 공간을 가질 수밖에 없다. 비록 일시적으로 상대적 우월 사유 공간을 소유하게 되더라도, 끊임없는 사유 작용이 수행되지 않는 한 그 공간은 다시 축소, 보편 사유 공간화 운명을 피할 수 없다. 이는 나아가지 않으면 떠밀리는 급류 속, 물고기와 같다.

이와 같은 사유 공간 축소 경향으로, 우리는 자기 사유 영역 증대를 위해, 이 [통일자]의 저항을 극복해야 한다. 이를 위해서, 우리 각 사유 공간 일차원적 증대로서는 불가능하며, 모든 사유 공간 [총체적, 공간적 증대]를 통해서만 극복 가능하다. 사유 공간은 [통합사유철학강의]有情, 자유정신사, 2014 에서 기술되는 바와 같이, 존재 · 의지 · 인식을 기초로 구성되는 3차원 사유 공간을 말한다.

[통일자]는 우리를 동질화시키며, 우리의 이탈을 막는다. 그러므로 사람을 목적하는 고귀한 뜻을 가진 자는 동질화의 억압으로부터 자신을 의지를 철저히 보호해야 한다.

어느 오후 스쳐지나는 바람이 들려주는 이야기

우리는 이 사유 공간 축소 현상을 어떻게 극복할 것인가. 우선 존재 · 의지 · 인식하는 [나<sub>존재 · 의지 · 인식</sub>]에 대한 끊임없는 탐구를 통해, 사유 공간 속 [개별 통일자]를 증대시킬 것을 도모한다. 그리고 타자(他者) 다수의 보편 사유, [보편 통일자]마저 통합할 것을 기대한다.

  철학은 사람을 위한 학문이다. 자신이 무슨 일을 하든, 철학을 공부하지 않으면, 인간 고귀함을 향한 투쟁 의지가 사라진다. 이는 모두를 보편화하여, 권력에 결박당한 채 끌려가는 자포자기적이고 무력한 가축 같은 운명에서 벗어날 수 없게 한다.

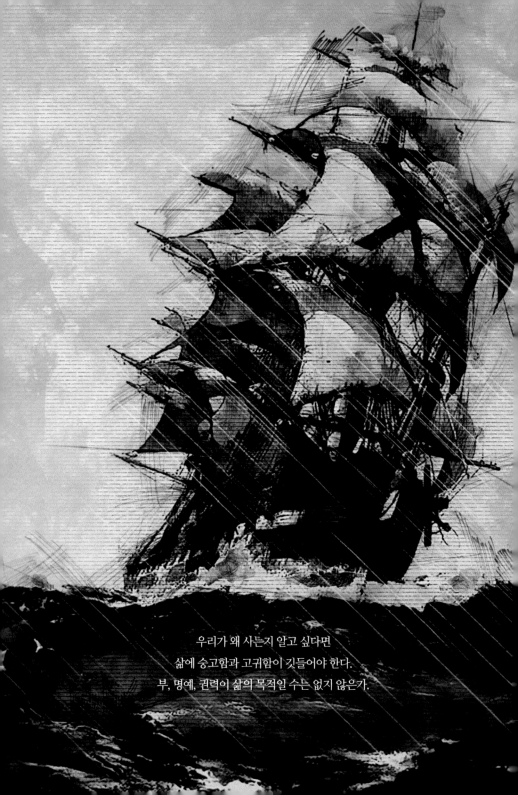

우리가 왜 사는지 알고 싶다면
삶에 숭고함과 고귀함이 깃들어야 한다.
부, 명예, 권력이 삶의 목적일 수는 없지 않은가.

# 16. 고귀한 자의 특징

[고귀한 자의 특징은 무엇인가. 우리 삶은 고귀함을 추구하고 있는가.]

우리 자신을 시험할 필요는 없다. 우리는 한 순간 고귀해지며, 한 순간 고귀함을 잃는다. 우리는 모두 이미 고귀함을 가지고 있다. 알지 못한 채 자신의 주머니 속에서 숨어있는 그 고귀함을 발견하고 행하면 된다.

고귀한 자와 그렇지 않은 자들의 구분은 힘에 대한 수용 태도의 차이에서 느껴진다. 이 수용을 우리는 [반자아적(反自我的) 수용]이라고 정의한다. 사람마다, 힘에 대한 적극적 수용과 힘에 대한 거부감으로 반자아적 수용 방법에서 차이를 나타낸다. 힘의 근원적 요소는 모든 사물을 자신의 영역 안에서 조화롭게 배열시킬 수 있는 능력으로 나타난다. 이렇게 힘은 반자아적 수용·통합 능력으로 정의된다.

우리 인간 일반은 보통, 자신이 외부 힘으로부터 독립적으로 존재하지 못하기 때문에, 자신만의 통합 능력을 갖추지 못한다. 이로써 사람들은 자신 이외의 모든 힘을 부정하거나, 새로운 힘을 수용하려 하지 않게 된다. 이때 사람들은 통합적 조화자의 출현과 그들의 새로운 힘의 세계에 두려움을 느낀다.


ℱ 고귀한 자의 특징은 사람들의 생각을 통합하여, 그들의 생각을
자기화하는 것이다. 이는 사람들 생각 통합을 통해, 인간 일반이
실제로 원하고 또 가야 하는 길을 제시하기 위함이다.


우리가 실제로 타자(他者)의 생각과 태도 그리고 공격에 대
하여 어떻게 반응하는가 생각해 보자. 과연 우리는 그들을 수용하는
가. 사실, 수용할 생각이 없지 않은가. 이는 보편적 인간 일반의 수용
태도이다. 이처럼, 만일 자신의 상태가 크게 다르지 않다면, 자신의
통합사유공간이 아직 미약하다는 것을 인지하고, 더욱 실존 [나] 속
으로 침잠하여, 사유 공간을 확장해야 할 것이다. 그리고 조금 더 나
아가려면, 자신의 것으로 생각하는 것을 과감히 그리고 단번에 포기
해야 한다. [반자아적 수용과 통합]을 위하여. 고귀함을 위하여.

내가 왜 사는지 알고 싶다면
우선, 자신이 정신적 강자가 되어야 한다.
항상 무너져 내리는 약자가 그것을 알아도 무슨 소용 있겠는가.

# 17. 강자들의 고귀한 사명

[나와 타자(他者)들로 복합적으로 구성된 삶은 복잡하고 난해하다. 누가 옳고 누가 그르며, 어느 것이 선이고 어느 것이 악인지 어떻게 결정할 것인가.]

나와 타자(他者)가 구성하는 삶의 요소들을 조화롭게 통합하여, 자신의 마음(사유 영역) 속에서 삶의 질서를 구성하도록, [생각을 재배치]하려는 의지를 가지는 것은, 정신적 강자의 기본 요소이다. 인간 일반 삶을 행복하게 하기 위해, 이들은 자기 생각과 타자(他者) 생각을 끊임없이 종합하고, 새로운 통합을 준비, 답을 제시한다.

강자는 자신이 이룩한 새로운 길에 대립하는 또 다른 사유 체계가 자신에게 부각되면, 이 대립되는 사유를 자기 생각에 조화롭게 통합하는 작용을 다시 시작한다. 새로운 사유 체계가 지금까지의 자기 생각과 완전히 대립할 경우에도, 그것이 옳다고 판단된다면 지금까지 가져온 거의 모든 자기 사유를 포기하고, 새롭게 통합된 사유의 길로 그 방향을 돌린다.

어느 오후 스쳐지나는 바람이 들려주는 이야기

◞ 나를 버리는 것은 고정된 자기주장을 버리는 것이다. 그렇지 않
으면 다른 사람들과 싸워야 한다. 세상은 모두 적군뿐이고 모두
상대하여 항복시켜야 한다.

◞ 자신을 버리지 않고서는 완전한 통합은 불가능하다. 자기주장을
버리지 않는 것은 사람들의 자유와 평등을 위해 투쟁할 때뿐이
다.

아마 이는 인간 일반의 경우, 오랫동안 자신을 단련하지 않
는다면, 거의 불가능한 일이다. 자기애와 오만 때문이다. 강자의 고
귀함은 겸손과 타자(他者)에 대한 수용을 기본으로 한다.

자신의 사유 체계(공간)와 대립하는 새로운 사유 체계와의
만남은 중요한 선택 순간이다. 서로 다른 사유들이 통합될 때 진리
에 좀 더 접근한다. 통합 과정은 우리 생각을 포괄적으로 조화롭게
하려는 초인적 의지와 자기 사유 체계를 한순간 포기할 수 있는 용
기가 필요하다. [통합에의 의지]는 죽음의 순간까지 잊지 말아야 할
고귀함의 중요 표식이다.

[우리 삶의 구성원 모두를 여기까지 이끌어온 고귀한 가치는 무엇인가.]

우리 제 1 가치는 인류 최대 다수에게 최대 자유를 부여하려는 의지이다. 이것이 잊어서는 안 되는 강자의 고귀한 사명이다. 이 사명은 분명히 이를 완수하려는 통합에의 의지를 가진 고귀한 자들에 의해 지속될 것이다.

약자는 자신에게 다가오는 대립하는 사상을 수용할 수 있는 능력이 없는 경우가 대부분이다. 그는 자신의 자유만을 생각한다. 그는 지금까지 자기 사유를 정리하여 암기하는 데에는 어느 정도 성공했을지는 모르지만, 이에 대립하는 생각을 만났을 때, 그것을 자신의 사유 체계와 통합시킬 수 있는 능력이 부족하다. 나이가 들고 경험이 쌓여 갈수록, 우리는 타자(他者)의 사유를 통합시키려는 의지가 더욱 분열되고, 이로써 철저하게 자기 사유 세계와 대립하는 생각을 배척한다. 이로써 그들은 타인의 삶에 대하여 관심을 끊는다.

사유를 통합시킬 수 있는 능력이 없는 [약자]와 통합의 힘이 있는 [강자]와의 만남은 약자를 더욱 약하게, 강자를 더욱 강하게 만든다. 외면적으로 항상 약자가 승리하고 있는 것처럼 보이기도 하지만, 실제로 이들 약자는 새로운 사상과의 대립을 통합할 능력이 없

어느 오후 스쳐지나는 바람이 들려주는 이야기

기 때문에, 강자를 만나게 되면 자신의 사유의 편협함과 자신의 사
유가 그들에게 흡수됨을 인식하고, 그에 대한 두려움을 떨쳐버릴 수
없다. 약자가 강자를 싫어하는 이유이다.

　　무엇을 할 것인가. 자신을 강한 자로 변화시키기 위해서는
[자신의 모든 사유 체계를 포기]하는 과정이 먼저 수행되어야 한다.
지금까지의 자신을 파괴하는 것이다. 이 파괴 과정이 완료되면, 비
로소 통합화 과정을 시작할 수 있다. 이 과정은 자신을 인도해 주는
철학자와 교육자를 필요로 할지도 모른다. 그러나 그들이 사유 통합
을 완성해 주지는 않는다. 자신의 사유 체계를 통합할 수 있는 자는
물론, 자신뿐이다.

내가 왜 사는지 알고 싶다면
자신 속이 감추어져 있는 고귀한 자를 만나야 한다.
그가 모든 것을 알려줄 것이다.

## 18. 고귀한 자와의 만남

[고귀한 자는 어떤 모습을 보이는가. 우리는 그들을 어디에서 볼 수 있고, 어떻게 구분할 수 있는가.]

자아의 발견을 도와주는 고귀한 자와의 만남은 인간의 가장 흥분된 경험이다. 그는 인간의 내면 깊숙이 숨어 있는 자아(自我)가 자신에게 발견되는 것을 도와준다. 이들은 자기 자신 속 자아를 들추어낼 때 느끼는 어색함과 부조화를 자연스럽게 느끼도록 도와주며, 자아 발견자가 두려워하는 [자기 분열] 현상도 막아준다. [자기 분열]은 지금까지 [나]라고 생각했던 것과 실제 [나]와의 차(差)에 의해 겪는 혼돈 현상이다.

실존 [나]는 무엇인가. 물속에 있는 달을 건지면 손가락 사이로 빠져 나간다. [나]는 잡히지 않는 것인가. 우리는 산을 내려가기 전에 실존 [나]를 찾을 수 있을 것인가.

우리는 대부분 자기 자아 상태와는 상반된 사고와 행동에 대하여, 마치 자기 본질인 것처럼 느끼며 행동하는데, 이는 사회적, 도덕적 마취 상태에 기인한다. 이 마취 상태는 인간의 오랜 역사로부터 부여받은 고귀한 근원적 본성을 파괴하며, 마취된 도덕 추종자로 삶을 마치도록 강요한다.

어느 오후 스쳐지나는 바람이 들려주는 이야기

고귀한 자는 도덕적 마취 상태에서 자유로운 모습을 보임으로써 타자(他者)에게 눈부신 섬광처럼 다가오며, 따뜻하고 편안한 모습으로 그 자연스러움을 드러낸다. 그는 어떤 것도 강요치 않으며 또한 그는 아무것도 주장하지 않는다. 그는 가슴 속 맑은 호흡을 내뿜어 공기를 정화하며, 자기 몸짓을 드러내려 노력하지 않는다. 그의 표정·몸짓·호흡 속에서, 우리는 마취 상태를 벗어나 신선한 공기를 마실 수 있다.

산길을 오르자 이제 나무들 속 터널이다. 바람은 나무 향기를 품고 있다. 가을 향기이다. 이 산속에 우리가 찾는 향기로운 비밀이 분명 숨어 있을 것이다.

고귀한 자, 그를 보면 그의 응시, 몸짓, 말, 표정과 얼굴에서 침착함을 볼 수 있다. 그는 타고난 섬세함으로, 모든 이의 눈길을 읽을 수 있을 것처럼 느껴진다. 그의 몸짓 하나하나는 우리에게 힘을 주며, 그들을 보고 있는 것만으로도 삶의 충일감(充溢感)을 맛본다. 그는 아무것도 모르는 순박한 자도 아니며, 도회지의 세련된 청년도 아니다. 그를 만날 수 있는 곳은 한적한 오솔길에서, 그리고 사람 많은 도회지 광장에서, 상상 못 할 정적이 흐를 때이다. 그는 흐트러짐 없는 걸음걸이로 눈가에는 기쁨과 비애가 오가고, 눈동자는 모든 사물을 하나도 놓치지 않으려는 듯한 모습을 보인다. 우리는 그를 놓쳐서는 안 된다.

고귀한 자, 그는 쉽게 발견되지 않을 것이다. 그리고 아마도 그는 우리 자신 밖에서 찾기 어려울지 모른다.

내가 왜 사는지 알고 싶은 사람은
'과도한 구(求)함의 검은 그림자'를 벗어나야 한다.
구하기 바쁜데 삶의 목적을 생각할 시간이 있겠는가.

## 19. 권력에의 의지로부터의 자유

**[인간에게 절대 권력은 필요한가.]**

고귀한 자는 모든 사물과 사유 체계에 대한 자유정신 소유자
이다. 그에게는 모든 순간이 자유롭다. 그에게는 억압이 없으며 억
압되는 모든 것을 의지(意志)하지 않는다. 그가 의지하는 모든 것은
자유로움을 잃지 않는다. 그는 도덕을 초월한다. 즉 도덕이 목적하
는 바는 이미 그의 목표가 아니다. 최소한의 사회 권력이 도덕이다.
그는 그것마저 부정한다.

우리 모두가 권력자, 재력가의 노예로서 선하게 살다가 삶을
마치는 것으로, 그대로 만족할 수는 없지 않는가. 우리는 자신을 실
존으로써 인식하고, 현상의 본질을 탐구하여, 삶이 힘으로 충만하도
록, 스스로를 이끌어야 한다. 그러므로 우리 고귀한 자는 자유로워
야 한다. 그리고 자유롭도록 노력하고 또 투쟁해야 한다. 자유롭지
못한 자가 사람을 이끌 수는 없다.

ͼ 항상 자유로울 수 있도록, 노력하고 투쟁하는 자(者)만이 고귀한
  자이다.

그러나 우리는 자유에 익숙하지 않다. 항상 자유로움이 자신 앞에 있다는 것을 견디지 못한다. 왜냐하면, 자유의 본질인 [선택]에 억압받기 때문이다. 선택해야 하는 부자유는 우리에게 자유를 부정하는 오류를 범하게 한다.

고귀한 정신은 이 오류로부터 인간을 깨어나게 할 것이다. 선택의 부자유는 [의미 없고 과도한 구(求)함과 권력에의 의지]에 기인한다. 자기 삶과 사유 체계 속에서, 자신을 억압하고 말살하는, 돌이킬 수 없는 '과도한 구(求)함의 검은 그림자'를 파괴하면, 조금은 [살아감]의 향기가 느껴질지도 모른다.

자신이 왜 사는지 알고 싶은 사람은
힘들고 가난해도 멋진 모습을 가져야 한다.
비열한 모습으로 삶의 목적이 있어도 무엇 하겠는가.

# 20. 미(美)의 근원

고귀함의 특징은 사유 통합, 진리 창조, 성실함, 용기 있음, 타자 수용, 욕구 절제, 인간 일반 최대 자유 부여, 자유로움과 그를 향한 투쟁이다. 우리는 존재론적 아름다움에 대하여 사유한다.

**[존재 아름다움의 근원은 무엇인가.]**

고양된 힘으로 자신의 힘을 분출하지 않을 수 없는 [충일감], 자기 힘으로 이 세상 삶을 변화시킬 수 있을듯한 [자신감], 모든 사람에게서 떨어져 그들을 바라볼 수 있는 [독립감], 이것이 힘의 세계 속에 사는 자들의 특권이다. 많은 시간 동안 힘을 키우며 기다려온 자에게서는 그것이 분출될 때, 그 영혼과 실존의 아름다움이 느껴진다. 아름다움은 힘과 동일 개념이다.

진정한 아름다움은 힘을 기초로 한다. 아름다움은 도덕적 그리고 인간 욕망으로 왜곡되어 힘을 빼앗겨 버렸다. 힘의 부재 속에서 아름다움은 길을 잃는다. 우리는 아름다움과 연약함을 연결하려는 시도를 부순다. 강자만 아름다울 권리를 가진다. 물론 여기서 강자는 권력자와 재력가는 절대 아니다. 아름다운 삶을 원한다면 권력

과 재력은 삶의 목표에서 지금 지워 버리는 것이 좋다. 그것들은 쓸
데없이 우리를 바쁘게 하기 때문이다.


ꜰ 아름다움은 존재를 표출한다. [충일감], [자신감], [독립감]을 가
    진 자는 아름다움을 성취함과 동시에, 자신과 사람을 목적하는
    실존을 성취한다.

오늘 갑자기 내가 왜 사는지 알고 싶은사람에게
어느 오후 스쳐지나는 바람이 들려주는 이야기

✻ 오늘 갑자기 내가 왜 사는지 알고 싶은 사람에게

1. 묵언                                              11
2. 진정한 교육자                                     16
3. 교육의 역할                                        19
4. 우리 시대의 교육자                                 22
5. 통합 세계                                          25
6. 초자연 통합 세계                                   28
7. 마취된 세계로부터 깨어남                           32
8. 박식한 학자들의 어리석음                           36
9. 집합적 지식의 위험성                               39
10. 존경하는 학자, 교육자들의 맹신                    42
11. 사람들과의 관계                                   45
12. 가장 심각한 나태함                                48
13. 절대적 강자, 삶의 인도자                          51
14. 자아 상실자                                       55
15. 자신의 진정한 독립과 통일자                       58
16. 고귀한 자의 특징                                  62
17. 강자들의 고귀한 사명                              65
18. 고귀한 자와의 만남                                70
19. 권력에의 의지로부터의 자유                        74
20. 미의 근원                                         77

어느 오후 스쳐지나는 바람이 들려주는 이야기

# 1

## 오늘, 사랑에 빠져 가슴 설레는 사람에게
## 어느 오후 스쳐지나는 바람이 들려주는 이야기

1. 사랑의 진정한 가치는 무엇인가   2. 사랑은 열정적이어야 하는가
3. 사랑의 묘약은 어디에 있는가   4. 사랑은 진리를 달성하게 하는가
5. 비밀은 사랑을 깨뜨리는가   6. 사랑은 공유하는 것인가
7. 사랑은 오랫동안 지속될 수 있는가   8. 사랑의 기술은 무엇인가
9. 사랑은 조건이 필요 없는가   10. 사랑은 아름다워야 하는가
11. 사랑은 주는 것인가   12. 사랑은 어떤 향기가 나는가
13. 사랑은 시간과 함께 쇠퇴하는가   14. 사랑을 위한 주의사항은 무엇인가
15. 사랑은 그렇게 즐거운 것인가   16. 사랑의 제 1 규칙은 무엇인가
17. 사랑은 징표를 남기는가   18. 사랑은 편안한 것인가
19. 사랑은 희생을 전제로 하는가   20. 사랑은 감성인가 이성인가

# 2

## 오늘, 자신이 자유롭지 못하다고 생각하는 사람에게
## 어느 오후 스쳐지나는 바람이 들려주는 이야기

1. 우리는 진정으로 자유로울 수 있는가   2. 자유는 투쟁하여 얻을 수 있는 것인가
3. 자유를 위해 필요한 것은 무엇인가   4. 우리는 정말 자유에 도달할 수 있는가
5. 자유로워 지려고 하는 이유는 무엇인가   6. 자유란 무엇인가
7. 자유를 위한 희생양은 누구인가   8. 우리는 자유롭고 또 편안할 수 있는가
9. 자유는 어디까지 해줄 수 있는가   10. 우리는 언제 자유로운가
11. 자유로울 수 있는 조건은 무엇인가   12. 자유로운 시기는 언제인가
13. 우리는 자유에 대하여 무엇을 배우는가   14. 우리는 항상 자유로울 수 있는가
15. 이제, 자유의 억압 시대는 지나갔는가   16. 자유는 무엇을 주는가
17. 자유에 도달하는 비밀의 문은 있는가   18. 우리는 자유를 누릴만한가
19. 자유, 우리가 부끄러워해야 할 것은 무엇인가   20. 우리, 정말 자유를 원하는가

# 3

### 오늘, 세상의 부정의와 부도덕에 눈물짓는 사람에게
### 어느 오후 스쳐지나는 바람이 들려주는 이야기

1. 정의는 누구를 위해 존재하는가　2. 정의는 무엇을 할 수 있는가
3. 우리는 정말로 정의롭게 될 수 있는가　4. 정의란 무엇인가
5. 정의는 항상 우리 편인가　6. 정의는 악인가 선인가
7. 정의와 법 중 어느 것이 우선인가　8. 정의는 아직 살아 있는가
9. 정의는 변명될 수 있는가　10. 누가 게으른 정의를 깨우겠는가
11. 도덕이 우리에게 도움이 되는가　12. 우리는 도덕적인가, 어리석은가
13. 우리는 도덕을 지켜야 하는가　14. 우리는 도덕적으로 성숙한가
15. 힘 있는 자들은 왜 도덕적이지 않은가　16. 도덕은 어떻게 탄생되는가
17. 우리는 누구에게 도덕을 배우는가　18. 우리에게 도덕을 가르칠 수 있는 자가 있는가
19. 우리 교육은 도덕을 제대로 가르치고 있는가　20. 도덕 교육은 언제가 좋은가

# 4

### 오늘, 자신의 무력함에 좌절하는 사람에게
### 어느 오후 스쳐지나는 바람이 들려주는 이야기

1. 국가는 나를 보호하는가　2. 우리는 국가를 믿을 수 있는가
3. 우리는 국가를 위해 희생해야 하는가　4. 국가는 이대로 참을 만한가
5. 국가는 배반하지 않는가　6. 국가는 우리의 평등을 지켜줄 것인가
7. 국가를 이용할 것인가, 변화시킬 것인가　8. 권력은 왜 초라한가
9. 권력은 우리에게 무엇을 주는가 - 1　10. 권력은 우리에게 무엇을 주는가 - 2
11. 권력자는 뛰어난 자인가, 사기꾼인가　12. 우리는 조금 다른 권력자가 될 수 있는가
13. 우리는 권력 상태에 도달할 수 있는가　14. 부는 어디까지 윤리적인가
15. 부의 소유권은 누가 가지는가　16. 부와 빈곤의 적절한 차이는 어느 정도인가
17. 부는 선인가 악인가　18. 우리가 추구하는 것은 명예를 위한 명예는 아닌가
19. 명예에는 어떤 업적이 필요한가　20. 명예를 위해 사는가, 명예롭게 사는가

# 5

## 오늘 갑자기 신이 원망스러운 사람에게
## 어느 오후 스쳐지나는 바람이 들려주는 이야기

1. 신은 우리에게 꼭 필요한가  2. 신은 우리에게 무엇을 주는가
3. 신은 자비로울 필요가 있는가  4. 신에게 모든 것을 맡기면 되는가
5. 신은 평등을 원하는가  6. 신은 항상 우리를 돌보고 있는가
7. 신이 원하는 것은 무엇인가  8. 신은 이미 죽었는가
9. 신은 정말로 공평한가  10. 신은 우리를 사랑하는가
11. 신이 있는데 왜 모두 선하게 되지 않는가  12. 신은 악한 자를 정말 용서하는가
13. 신은 약자 편인가, 강자 편인가  14. 신은 우리를 위로해 주는가
15. 신이 우리를 창조했는가, 우리가 신을 창조 했는가  16. 우리는 신에 대하여 얼마나 알고 있는가
17. 신은 완전한 인간을 원하는가  18. 신은 아름다울 수 있는가
19. 신이 우리와 다른 점은 무엇인가  20. 신은 우리에게 무엇을 원하는가

# 6

## 오늘 갑자기 나란 존재가 무엇인지 혼란스러운 사람에게
## 어느 오후 스쳐지나는 바람이 들려주는 이야기

1. 존재는 죽음과 함께 소멸하는가  2. 존재는 시간에 부자유한가
3. 존재는 우열이 있는가 - 1  4. 존재는 우열이 있는가 - 2
5. 존재는 가벼운가, 무거운가  6. 존재는 어떤 색인가
7. 존재는 그렇게 허무하게 사라지는가  8. 존재가 드러내는 것들은 유인가 무인가
9. 존재로부터의 탈출은 가능한가  10. 존재와 무는 서로 대립하는가
11. 우리는 존재의 이유를 찾아야 하는가  12. 우리는 존재에 대하여 알고 있는가
13. 존재는 무엇을 통하여 인식되는가  14. 우리는 존재를 버릴 용기가 있는가
15. 존재는 우리에게 무엇을 주는가  16. 존재는 불변인가 항변인가
17. 존재는 가능인가 불가능인가  18. 존재는 누가 창조하는가
19. 존재는 불행의 근원인가, 행복의 근원인가  20. 우리는 실제 존재의 이야기를 듣는가

# 7

## 오늘, 무엇이 옳은 것인지 흔들리는 사람에게
## 어느 오후 스쳐지나는 바람이 들려주는 이야기

1. 진리는 언제 우리에게 다가오는가  2. 진리는 어디에 머물고 있는가
3. 진리는 무엇으로 판단하는가  4. 진리는 왜 침묵하는가
5. 진리는 정말 유익한가  6. 진리는 어려운 것인가, 쉬운 것인가
7. 진리는 항상성을 지니는가  8. 진리는 특별한 것을 주는가
9. 진리는 어떻게 전달되는가  10. 진리에 이르지 못하게 하는 것들 - 1
11. 진리에 이르지 못하게 하는 것들 - 2  12. 진리에 이르지 못하게 하는 것들 - 3
13. 진리에 가깝게 도달한 증거는 무엇인가  14. 진리는 우리에게 어떤 도움이 되는가
15. 진리는 무거운가 가벼운가  16. 진리는 시간에 따라 불변하는가
17. 진리가 지켜주는 것은 무엇인가  18. 진리에 도달하기 위한 마지막 관문은 무엇인가
19. 진리와 존재는 무엇이 더 중요한가  20. 진리에 도달하는 방법은 무엇인가

# 8

## 오늘, 세상의 불공정함으로 슬퍼하는 사람에게
## 어느 오후 스쳐지나는 바람이 들려주는 이야기

1. 평등은 우리에게 이익인가 손해인가  2. 평등은 자유정신을 억압하는가
3. 평등의 대상은 어디까지인가  4. 평등한 우리는 행복한가
5. 평등은 어떻게 유지되는가  6. 평등을 바라는 자와 바라지 않는 자
7. 평등을 향한 허영심 -1  8. 평등을 향한 허영심 -2
9. 우리는 평등을 누구에게 양보할 수 있는가  10. 우리에게 평등을 가르치는 자가 있는가
11. 평등과 신념은 조화로운가, 상충하는가  12. 완전한 평등은 가능한가
13. 평등은 아름다운가, 평범한가  14. 평등 속에 숨다.
15. 평등은 이룰 수 없는 꿈인가  16. 평등에 도달하는 방법은 무엇인가
17. 평등은 주어지는 것인가, 투쟁하는 것인가  18. 평등으로부터의 휴식은 가능한가
19. 평등에 동정이 필요한가  20. 우리는 평등을 존중하는가 경멸하는가

# 9

## 오늘, 죽음의 두려움이 밀려오는 사람에게
## 어느 오후 스쳐지나는 바람이 들려주는 이야기

1. 죽음을 연극하다   2. 죽음은 언제 시작하는가
3. 죽음의 범위는 어디까지인가   4. 죽음은 두려운 것인가
5. 죽음에 이르게 하는 것   6. 죽음을 피하기 위한 방향
7. 삶과 죽음의 경계는 어디에 있는가   8. 죽음이 부를 때 무엇을 해야 하는가
9. 죽음의 실체는 무엇인가   10. 죽음을 위한 연습이 필요한가
11. 죽음의 위력 앞에 무엇을 할 수 있는가   12. 우리는 죽음을 고귀하게 맞을 수 있는가
13. 죽음의 공포는 극복 가능한가   14. 죽음에 어떤 비밀이 있는가
15. 죽음과 이성은 서로 모순인가   16. 죽음은 어떤 가치를 가지는가
17. 죽음으로 잃는 것과 얻는 것은 무엇인가   18. 죽음의 비밀에 설레는가
19. 죽음이 변화시키는 것은 무엇인가   20. 죽음은 어떻게 시작되는가

# 10

## 오늘, 기분 좋은 하루를 보내고 싶은 사람에게
## 어느 오후 스쳐지나는 바람이 들려주는 이야기

1. 비극적 확신   2. 삶의 혼동과 무질서
3. 예정된 삶의 위험성   4. 우아함의 소유
5. 우아한 자들의 악취   6. 예술적 관조의 공과
7. 의지의 분열   8. 의지 분열로부터의 출구
9. 나에 대한 오류   10. 어지러움
11. 억압의 수단   12. 위장된 도덕과 절대적 도덕
13. 파괴적 지식   14. 파멸의 징후
15. 삶의 오류에의 저항   16. 창조적 힘
17. 은밀한 의도   18. 철학적 사유의 빈곤함
19. 삶의 목적   20. 사람들의 소음

# 11

오늘 갑자기 내가 왜 사는지 알고 싶은사람에게
어느 오후 스쳐지나는 바람이 들려주는 이야기

1. 묵언   2. 진정한 교육자
3. 교육의 역할   4. 우리 시대의 교육자
5. 통합 세계   6. 초자연 통합 세계
7. 마취된 세계로부터 깨어남   8. 박식한 학자들의 어리석음
9. 집합적 지식의 위험성   10. 존경하는 학자, 교육자들의 맹신
11. 사람들과의 관계   12. 가장 심각한 나태함
13. 절대적 강자, 삶의 인도자   14. 자아 상실자
15. 자신의 진정한 독립과 통일자   16. 고귀한 자의 특징
17. 강자들의 고귀한 사명   18. 고귀한 자와의 만남
19. 권력에의 의지로부터의 자유   20. 미(美)의 근원

# 12

오늘, 새로운 나를 만들려 시도하는 사람에게
어느 오후 스쳐지나는 바람이 들려주는 이야기

1. 이상의 세계   2. 제 3의 탄생
3. 세가지 발견   4. 음악과 감성
5. 감성의 창조를 위한 조건   6. 존재 탐구의 즐거움
7. 자기 인식의 문   8. 인식 철학의 위험성
9. 철학의 초보자   10. 미학과 아름다움
11. 인도자의 사유 창조   12. 우리 시대 문학과 철학의 착각
13. 세가지 작가 의식   14. 시인의 거짓말
15. 시의 본질   16. 즐거운 본능
17. 억압된 의지적 본능의 회복과 자유인으로의 탄생   18. 우리의 철학
19. 절대적 철학의 준비   20. 즐거운 지식

# 13

## 오늘 하루 종일 편안함이 그리웠던 사람에게
## 어느 오후 스쳐지나는 바람이 들려주는 이야기

1. 철학자들의 비밀 노트   2. 쾌활성과 명랑성
3. 명랑함의 표식   4. 젊음의 본질
5. 새로운 가치   6. 회복력과 항상성
7. 사유 통합에의 의지   8. 소극적 자유와 적극적 자유
9. 적극적 자유에의 방해물   10. 문명의 발전과 인간의 겸손
11. 시간으로부터 자유로운 존재   12. 절대 존재의 탐구
13. 연약한 철학   14. 위대한 철학의 탄생
15. 미(美)의 본질   16. 미의 세가지 원리
17. 위대한 정신의 탄생   18. 침묵의 효용
19. 시끄러운 침묵   20. 인식의 투명성

# 14

## 오늘, 세상에 대해 숨이 막힐듯한 답답함을 느끼는 사람에게
## 어느 오후 스쳐지나는 바람이 들려주는 이야기

1. 시간의 작용   2. 시간의 세가지 본질
3. 시간 유한성으로부터의 탈출   4. 시간의 1차, 2차 독립: 시간의 인식론적 사유
5. 시간의 무화(無化)와 존재의 불확실성(不確實性)   6. 변화 공간의 피안(彼岸)
7. 시간사유철학 (時間思惟哲學)   8. 시간과 존재의 역류(逆流)
9. 인식공간(認識空間)과 그 특성   10. 존재와 인식 공간
11. 인식 방정식   12. 통일 인식 공간
13. 사유의 범람과 새로운 질서   14. 새로운 질서로의 길
15. 억압으로부터의 자유   16. 억압적 질서의 해체를 위한 시도
17. 무질서(無秩序)의 자유정신(自由精神)을 위하여

# 15

## 오늘 아무것도 결정하지 못하고 밤을 맞은 사람에게
## 어느 오후 스쳐지나는 바람이 들려주는 이야기

1. 인식의 세가지 단계   2. 오인(誤認)
3. 수용적 변화와 창조적 변화   4. 반사회적 동물
5. 집단 중심적 삶의 세가지 과(過)   6. 인류 생존의 역사
7. 인식에서 행동으로   8. 비발디적 명랑함
9. 의지의 부정   10. 어리석은 현명함
11. 겸손의 문   12. 고귀한, 그리고 인간적인
13. 노예의 투쟁과 자유인의 투쟁   14. 의지의 변형과 통합
15. 자연 상태와 식물원   16. 신(神)이 사랑하는 자(者)
17. 존재(存在)의 실체(實體)   18. 참과 진리
19. 삶의 황폐함   20. 인도자를 위한 지식

# 16

## 오늘 하루 종일 다른 사람 따라 하다 지쳐버린 사람에게
## 어느 오후 스쳐지나는 바람이 들려주는 이야기

1. 인간의 본성   2. 실존의 본질
3. 처세술과 심리학   4. 남성적인 취향
5. 인간적인 자의 특징   6. 도덕의 파괴, 그리고 재건
7. 실존 철학과 인식 철학   8. 사유(思惟)의 세계
9. 숭고한 자를 기다리며   10. 가치의 재건 그리고 자유 정신의 회복
11. 나태함과 무지함   12. 도서관속 위인들의 허구(虛構)
13. 삶에서의 창조의 의미   14. 삶의 성찰과 창조적 의지
15. 젊음의 위장술과 무의지   16. 새로운 탄생을 위한 준비의 시간
17. 신(神)의 본성(本性)   18. 신(神)의 부활

# 17

## 오늘, 이 생각 저 생각에 잠 못 드는 사람에게
## 어느 오후 스쳐지나는 바람이 들려주는 이야기

1. 지식의 공과   2. 진리에의 길   3. 자연스러움과 편안함
4. 알지 못하는 것들   5. 미래의 즐거움   6. 즐거운 삶
7. 즐거운 외로움   8. 목마름과 철학   9. 사려 깊음
10. 꽃을 보며 봄을 깨닫다   11. 삶의 세 가지 즐거움   12. 바로 보지 못하는 것들
13. 선택 받는 소수   14. 과거를 창조함   15. 타자(他者)의 아픔
16. 최대의 적   17. 생각을 멈추다   18. 실패의 이유
19. 즐거움의 실제적 의미   20. 철학의 모순에 대한 책임   21. 공간적 사유
22. 삶의 평온함   23. 타인의 자유   24. 멈춤 그리고 천천히 봄
25. 존재의 수레 바퀴   26. 어둠에서 벗어나는 법   27. 끊임없는 자신을 향한 탐구 그리고 진리
28. 나이 듦에 대한 고찰   29. 침묵하는 다수   30. 실존과 투쟁
31. 숭고한 삶을 향한 모험

# 18

## 오늘, 약자의 우울에서 벗어나 편안해지고 싶은 사람에게
## 어느 오후 스쳐지나는 바람이 들려주는 이야기

1. 초라함  2. 아름다움   3. 설렘   4. 욕망
5. 혼돈   6. 불안   7. 흔들림   8. 중압
9. 자기 모순   10. 슬픔   11. 격정   12. 순수
13. 허무   14. 상심   15. 만족   16. 불일치
17. 외로움   18. 느낌   19. 고갈   20. 변심
21. 감성 대립   22. 비겁   23. 감성 나침반   24. 휴식
25. 감성 존재   26. 무력(無力)   27. 불안의 이유   28. 망각을 위한 연습
29. 감정과 감성   30. 경멸   31. 인내   32. 불확실성
33. 희생   34. 자신답게 그리고 인간답게   35. 흐릿함   36. 조화

# 19

오늘, 자기 감정을 차분히 조절하고 싶은 사람에게
어느 오후 스쳐지나는 바람이 들려주는 이야기

1. 감성에서 타자(他者)의 역할  2. 감성의 지속 시간  3. 경이로움  4. 감성의 격류
5. 감성 기준  6. 감성 준비  7. 감성을 위한 연습  8. 치장
9. 감성적 시야  10. 그리움  11. 호기심  12. 호의
13. 친구  14. 시인들의 무덤  15. 감성적 설득법  16. 변명
17. 시기심  18. 우아함  19. 휴식의 유용성  20. 정신적 사기꾼
21. 변화에 대한 오류  22. 거절당한 자들의 이기심  23. 미소  24. 감성적 오류
25. 숭고함  26. 착각  27. 걱정  28. 무관심
29. 젊음이 잘 할 수 없는 것들  30. 우정  31. 변심  32. 역설
33. 함께 휴식할 수 있는 자  34. 모방  35. 고립  36. 정다움

# 20

오늘, 어느 젊은 날의 여름 감성을 다시 찾고 싶은 사람에게
어느 오후 스쳐지나는 바람이 들려주는 이야기

1. 조용한 휴식  2. 바람의 느낌  3. 가슴 뜀  4. 아침 노을 후에  5. 초승달의 슬기로움  6. 만듦
7. 비 오는 여름 늦은 오후 시샘  8. 돌아봄  9. 시간의 피안(彼岸)에 서서  10. 오후의 수목(樹木)과의 동화(同化)
11. 서두르지 않음  12. 작은 마음  13. 부동의 부드러움  14. 서늘한 여름 저녁 노을 같이  15. 지침
16. 작은 돌 위의 빗방울 처럼  17. 어둠  18. 어느 여름 아침의 강인함  19. 회복  20. 변화  21. 기다림
22. 어지러움  23. 비굴  24. 고독  25. 평온  26. 이중성  27. 어떤 두근거림  28. 힘듦 그리고 즐거움
29. 드러남  30. 허무  31. 충만  32. 겹침  33. 가벼움  34. 나른함  35. 상심  36. 무지 그리고 두려움  37. 혼동
38. 따뜻함  39. 허위  40. 길을 잃은 듯한 느낌  41. 생성  42. 투명함  43. 동경(憧憬)  44. 망각  45. 서성임
46. 위로(慰勞)  47. 아득함  48. 안심(安心)  49. 시선  50. 진리  51. 그리움  52. 차가운 아름다움  53. 기억
54. 시간 느낌  55. 나를 느낌  56. 공평  57. 무색(無色)  58. 으스름함  59. 의문  60. 미덕(美德)
61. 중독  62. 비밀  63. 오인  64. 순수  65. 뜨거움  66. 경쾌함  67. 망설임  68. 한가로움  69. 무이(無異)
70. 정다운 가슴 뜀  71. 무력(無力)  72. 자유로움

92

## 21

오늘, 세상의 불공평함으로 삶에 자신이 없는 사람에게
어느 오후 스쳐지나는 바람이 들려주는 이야기

1. 평등을 위해서는 냉철한 분노가 필요하다
2. 서로 같아지면 득실도 없어진다
3. 나 혼자 자유로운 건 오히려 슬픈 일이다
4. 서로 같음에는 그럴만한 대상이 따로 있지 않다
5. 평등을 가장하면 행복도 가장한다
6. 우월함으로 허영적인 인간은 사실 가장 노예적이다
7. 누군가에 평등을 맡기느니 신에게 목숨을 맡기겠다
8. 평등을 가르칠 수 있는 자는 신만큼 가치 있는 자이다
9. 행동하지 않는 평등은 복종하는 것이다
10. 평등은 인간이 할 수 있는 가장 신적인 일이다
11. 신이 평등이 아니라 평등에의 의지만 준 것은 의도된 것이다

## 22

오늘, 생각대로 자유롭게 살 수 없음을 상심하는 사람에게
어느 오후 스쳐지나는 바람이 들려주는 이야기

1. 자유는 그것을 필연으로 만드는 자에게만 허락된다.
2. 자유는 가슴 뜀을 위해 불편함과 노동을 일부러 선택하는 것이다.
3. 자유는 아무것도 해주지 않지만 의지가 가미되면 마법이 시작된다.
4. 자유의 땅에 도착하기 어려운 것은 잘못된 표지판도 한몫한다.
5. 자유의 정도는 그 선택의 숫자에 비례한다.

## 23

### 오늘, 부조리와 부당함으로 세상을 원망하는 사람에게
### 어느 오후 스쳐지나는 바람이 들려주는 이야기

1. 정의를 위한 첫걸음은 정의로 가장한 자들을 찾아내는 것으로 시작한다.
2. 세상 모든 남을 정의롭게 하느니 세상 모든 나만 정의로워지면 된다.
3. 자기기만을 자꾸 하면 어느 날 깨어났을 때 벌레가 되어 있을 것이다.
4. 도덕은 깨어있는 정신의 공존적 행복에의 의지이다.

## 24

### 오늘, 무언가 이루지 못해 슬퍼하는 사람에게
### 어느 오후 스쳐지나는 바람이 들려주는 이야기

1. 국가를 위해 개인이 희생하는 나라 중 퇴락하지 않는 나라는 없다.
2. 국가의 최대 역할은 힘의 균형을 맞추는 것이다.
3. 권력은 자신이 무섭다고 생각하지만 사람들은 우습다고 생각한다.
4. 진정한 권력은 중력과 같이 아무것도 없어도 만물을 다스린다.
5. 부자는 돈이 많다는 것, 그것뿐이다.
6. 부의 작은 특권은 악마도 천사도 될 수 있다는 것이다.
7. 명예를 위해 살면 명예롭지 않다.

# 25

## 오늘 갑자기 세상이 무엇으로 이루어져 있는지 궁금한 사람에게
## 어느 오후 스쳐지나는 바람이 들려주는 이야기

### 1. 존재의 세계
1-1. 존재의 선형 세계   1-2. [반존재]의 선형 세계   1-3. 존재와 [반존재]의 선형 세계

### 2. 의지의 세계
2-1. 의지의 선형 세계   2-2. [반의지]의 선형 세계   2-3. 의지와 [반의지]의 선형 세계

### 3. 인식의 세계
3-1. 인식의 선형 세계   3-2. [반인식]의 선형 세계   3-3. 인식과 [반인식]의 선형 세계

# 26

## 오늘 갑자기 세상 일의 원리와 근원이 궁금한 사람에게
## 어느 오후 스쳐지나는 바람이 들려주는 이야기

### 1. 수평적 평면 세계
1-1. 존재와 의지의 평면 세계   1-2. 존재와 [반의지]의 평면 세계
1-3. [반존재]와 의지의 평면 세계   1-4. [반존재]와 [반의지]의 평면 세계

### 2. 수직적 평면 세계
2-1. 의지와 인식의 평면 세계   2-2. 의지와 [반인식]의 평면 세계
2-3. [반의지]와 인식의 평면 세계   2-4. [반의지]와 [반인식]의 평면 세계
2-5. 존재와 인식의 평면 세계   2-6. 존재와 [반인식]의 평면 세계
2-7. [반존재]와 인식의 평면 세계   2-8. [반존재]와 [반인식]의 평면 세계

## 27

오늘 갑자기 내가 모르는 숨겨진 다른 세상을 알고 싶은 사람에게
어느 오후 스쳐지나는 바람이 들려주는 이야기

1. 인식 세계
1-1. 존재-의지-인식 공간 세계
1-2. [반존재]-의지-인식 공간 세계
1-3. 존재-[반의지]-인식 공간 세계
1-4. [반존재]-[반의지]-인식 공간 세계

2. [반인식] 세계
2-1. 존재-의지-[반인식] 공간 세계
2-2. [반존재]-의지-[반인식] 공간 세계
2-3. 존재-[반의지]-[반인식] 공간 세계
2-4. [반존재]-[반의지]-[반인식] 공간 세계

여덟 개의 세상

## 28

오늘 갑자기 자신을 매력 있게 만들고 싶은 사람에게
어느 오후 스쳐지나는 바람이 들려주는 이야기

명예 / 순수함 / 매력 / 어둠 / 배움 / 진실 / 자기 만들기 / 고귀함 / 어제 / 굳건함
숭고함 / 목표 / 행동 / 창작 / 자존 / 무심 / 기만 / 과거 / 배우 / 설득
자기 세계 / 개별 진리 / 겸허 / 학자 / 교제 / 평온함 / 탁월함 / 다름 / 유연함
자기철학 / 방향(芳香) / 숙독 / 제3의 탄생 / 확고함 / 겸손 / 자기 형상화 / 독서 / 동화 / 용기
청빈 / 가난 / 견지(堅持) / 먼 꿈 / 명랑함 / 젊음 / 공평 / 자유 / 쟁취 / 가라앉힘
냉철함 / 강함 / 수용 / 호감 / 가르침 / 고독 / 타인 행복 / 죽음 / 평온함 사람을 목적함 / 무질서적 다양함

# 29

### 오늘 갑자기 무엇을 목표로 살아야 하는지 알고 싶은 사람에게
### 어느 오후 스쳐지나는 바람이 들려주는 이야기

휴식 / 시간 모우기 / 오류 / 단념 / 돌아보기 / 수정 / 변화 / 단순함 / 정리 / 평온함 / 기다림 / 자유 / 또 다른 탄생 / 냉철한 분노
타인을 위함 / 감동 주기 / 존중 / 길 찾기 / 나 찾기 / 나 만들기 / 바라지 않음 / 변함없음 / 물러섬 / 자기창조 / 자유 주기 / 나눔
두려워하지 않음 / 세상을 바꿈 / 여유로움 / 현명하지 않음 / 어리석음 / 무향 / 오감 / 고개 숙임 / 깊음 / 탓하지 않음 /
사람을 움직임 / 나를 봄 / 엷게 화장함 / 다투지 않음 / 낮은 곳에 위치함 / 불평하지 않음 / 너그러움 / 자유를 줌 / 달을 봄 / 강함
/ 눈을 뜸 / 독립 / 멀리 봄 / 나를 바꿈 / 무아 / 개별 의지 / 소탈함 / 다르지 않음 / 동질감 / 멈추지 않음 / 선한 강자 / 행동
한가로움 / 독창성 / 감성 / 자기 통합 / 매일 아침을 얻음 / 따라 하지 않음 / 정진 / 공평 / 선구자 / 행복을 줌 / 기다림 / 인지
의지(意志) / 숭고함 / 감내 / 회귀 인식 / 구별 / 방향 / 평가 / 멈춤 / 순서 / 서두르지 않음 / 드러냄 / 판단 / 시인 / 자전거 / 믿음
신뢰 / 적은 욕심 / 너그러움 / 이행 / 겸허 / 기세 / 작은 깨우침 / 흘려 보냄 / 진실 / 편한 마음 / 득실 / 욕심 줄이기 / 진실 /
앎 / 걱정하지 않음 / 마음에 두지 않음 / 거절 / 외로움 / 받아들임 / 여행 / 연민 / 실체 / 예비 / 성숙 / 고귀함 / 자숙 / 시선
여정 변경 / 그만두기 / 편안함 / 모르기 / 알기 / 선택 / 거미줄 끊기 / 역설 이해 / 아님 / 오후 산책 / 따뜻함 / 긍정 / 지관(止觀)
비판하지 않음 / 탈바꿈 / 성공 / 같이 감 / 다름 / 동등감 / 실증 / 평범함 이해 / 단정(斷定)하지 않음 / 친구 / 기억 / 수레 타기
시작 / 젊음 / 이해 / 마음 두둑함 / 다시 시작

# 30

### 오늘 갑자기 자신의 지식을 깊은 지혜로 바꾸고 싶은 사람에게
### 어느 오후 스쳐지나는 바람이 들려주는 이야기

미소 / 꿈 찾기 / 가난한 부자 / 많은 것을 봄 / 자기 것을 봄 / 설렘 / 만족 / 감성 / 겸허 / 설득 / 자기를 키움 / 밝음
인간적임 / 돌진 / 표출 / 소년 / 강자 / 오래된 자기 / 잃지 않음 / 약자 / 해독 / 나를 믿게 함 / 안도감 / 납득 / 자기 노출
가식 / 자기 채우기 / 변심 / 자격 / 솔직함 / 나침반 / 감성 / 비웃음 / 탈출 / 감성 확장 / 자존감 / 자존감 버리기
인내심 / 오늘 / 작아짐 / 철퇴 / 자신다움 / 상심 / 호감 / 사람 지향 / 그릇 키우기 / 오래 달리기 / 아침 감성 / 평상심
오랜 경험 만들기 / 약간의 꾸밈 / 그리움 / 직시 / 멀리 가지 않음 / 반론 / 내일 / 존경 / 멋짐 / 감성 휴식 / 미로 탈출
자기 탈출 / 거절 / 자기 불평 / 수긍 / 비난하지 않음 / 원점 / 무심 / 본받음 / 빛음 / 친밀 / 변덕 / 만남 / 인연 / 인지
공정함 / 기분 전환 / 우울 치유 / 시련 / 역동성 / 숭고함 / 운명 / 평정심 / 실패 / 무소유 / 절망 / 결정 / 부동심 / 밝음
절망하지 않음 / 회복 / 지각 / 슬픔 / 굴욕 / 고독 / 즐거움 / 묵언 / 꿈 찾기 / 자기 지배 / 극대 / 허무함 / 가치 기준 / 분리
비상 / 수수함 / 무심 / 투시 / 창작 / 겨울 / 후회 / 신을 자기 편으로 함 / 방황 / 기다림 / 무색 / 균형 / 먼지 / 감내 / 재연
등반 / 희망 / 도피 / 관조 / 진실 / 존재 / 의연함 / 적절함 / 정결함 / 후각 / 기품 / 치유

## 31

오늘 갑자기 오랜 시간 후 내게 무엇이 남을지 궁금한 사람에게
어느 오후 스쳐지나는 바람이 들려주는 이야기

일상 / 침착함 / 매력 / 유혹 / 멋진 인정 / 내면 / 진화 / 거래 / 자질 / 방향(放香) / 무향 / 빚음 / 지성 / 깊음 / 보존 / 감내
주고받음 / 맞섬 / 무감각 / 냉철함 / 뺄셈 / 덧셈 / 나눗셈 / 곱셈 / 도전 / 현실 / 오늘 / 깨달음 / 부자유 / 자유 사용 / 권리
생각 / 채비 / 자격 / 아우름 / 식별 / 결의 / 외면 / 목적 / 유효기간 연장 / 근원 인식 / 경계 / 분노 / 징벌 / 불손 / 기개 / 공격
비범 / 자태 / 삼감 / 온화함 / 정결 / 실제 달라짐 / 행복을 배움 / 기억 / 합당함 / 기원(起源) / 구축 / 일임(一任) / 불신
분별 / 자리 낮추기 / 우울 치료 / 복원 / 손익 / 점등 / 담력 / 깨어남 / 평범 / 회복 / 자존감 / 공유 / 증여 / 부자
바라지 않음 / 자족 / 쌓기 / 명예 / 의욕 / 역할 / 자격 / 자기 발견 / 개별의지 / 독립 / 자립 / 인간다움 / 배신하지 않음
만족 / 인지 / 용기 / 선악 / 용서 / 굳셈 / 염치 / 사람의 행복 / 부족 수긍 / 평상심 / 구제 / 길을 찾음 / 자기 창조 / 묶음
속도 맞춤 / 비슷함 / 발견 / 동류 / 무중력 / 조색(調色) / 선함 / 결행 / 가린 것을 거둠 / 무념 / 회귀(回歸) / 문제 / 실재
온화함 / 역경 / 진화 / 벗어남 / 대상 창조 / 자각 / 수수함 / 눈사람 / 납득 / 무익 / 개별 행복 / 무난함 / 자존 / 오만 / 책
기백 / 파괴 / 평온 / 묵언 / 나 / 탈출 / 순서 / 소설 / 사소함 / 지혜 / 자유 / 손익 계산 / 우정 / 생명 무차별 / 공평 / 정체
인간적임 / 내실 / 존경 / 어른 / 후퇴 / 악마의 꿈 / 더 수월함 / 자존감 / 공평 / 권리 / 동질감 / 배우고 익힘 / 냉철함
비슷함 / 가장하지 않음 / 함께함 / 선함 / 결의 / 용서 / 필연 / 타인 지향 / 점잖지 않음 / 복종 / 경작 / 부자유
행복한 목표 / 의지 / 산책 / 저항 / 탁월함 / 지성 / 목표 수정 / 인지 / 올바름 / 독립 / 거부 / 활용 / 달관 / 성공 / 교만
부자 / 궤적 / 결정 / 행복한 죽음 / 무아 / 마중 / 기억 만들기 / 몰두 / 마음 먹기 / 준비 / 둘러맴 / 마무리 / 삶

명예를 위해 살지 말고
명예롭게 살라.

오늘 갑자기 내가 왜 사는지 알고 싶은사람에게
어느 오후 스쳐지나는 바람이 들려주는 이야기

초판　‖　2021년 6월 30일
지은이　‖　프리드리히
펴낸곳　‖　지성과문학
전화　‖　031-707-0190
가격　‖　15,000원

ISBN　978-89-98392-62-8 (03810)

오늘 갑자기 내가 왜 사는지 알고 싶은사람에게
어느 오후 스쳐지나는 바람이 들려주는 이야기

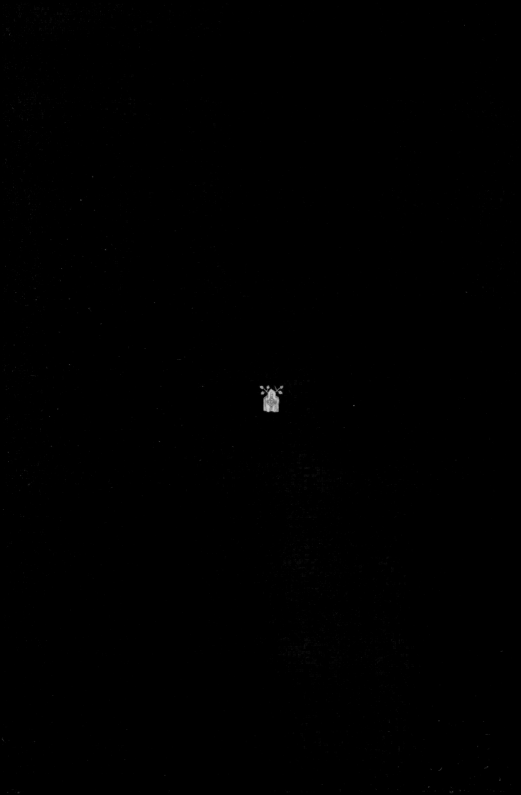

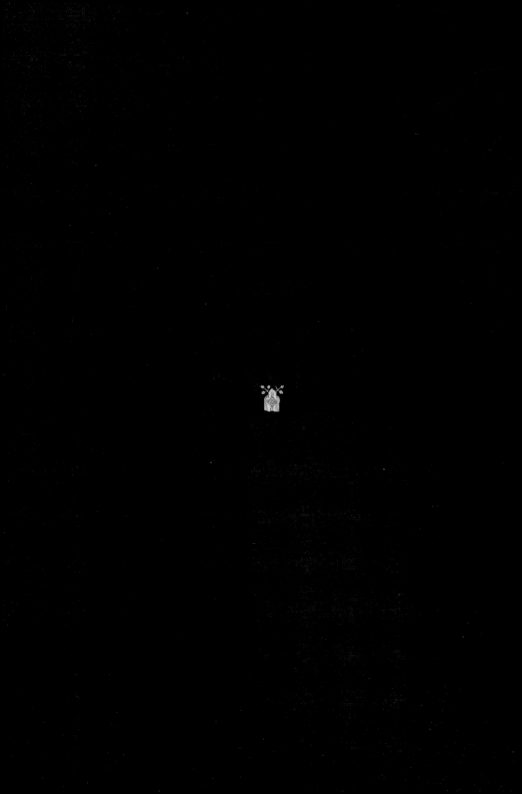

오늘 갑자기 내가 왜 사는지 알고 싶은사람에게